詩人主宰的途徑

A Poet's Predominant Path

此舉。她知道何事
正在解凍,即將
爆發呈現出
光輝燦爛。
無意識釋放俘虜。
詩人手在顫抖。
詩於焉誕生。

〔美國〕露絲・魏爾德・蘇勒 (Ruth Wildes Schuler) ◎著
李魁賢 (Lee Kuei-shien) ◎譯

前言

露絲・魏爾德・蘇勒

　　承蒙傑出學者、作家和翻譯家李魁賢，願漢譯本人部分詩作，讓台灣有更多讀者可以熟知拙詩，深感榮幸。

　　當羅伯特・路易斯・史蒂文森（Robert Louis Stevenson）作品的新博物館在加州聖赫勒拿（St. Helena）開幕時，我急急前往參觀。在那裡，出乎意外發現牆上掛著亨利・詹姆斯、毛姆、吉卜林，和許多其他著名作家的信件。我不知道史蒂文森住在南太平洋薩摩亞島上時，為何認識那麼多朋友。固然作家會彼此交往，我總是感激世界各地作者，有那麼多信件、書籍和禮物，送到我的信箱。

　　我知道李魁賢的作品，是當初我們兩人在印度一些同樣雜誌發表詩。2005年3月台灣文學基金會舉辦高雄世界詩歌節時，我接受邀請，共有25個國家的詩人參加。我終於在此見到李魁賢，那次詩歌節成為我生命史上高峰之一。

　　後來，李魁賢用華語編譯出版《世界女詩人選集》，2013年由秀威出版，內含本人詩作10首。

　　我的母語是英語。雖然我確實寫過某種形式的詩，但我比較常寫自由詩。我總是對每首詩一定要有所選擇。形式或內容，究竟何者為重？如果內容很重要，有時無法適當配合韻律或特定音節。總之，我確實使用過大量頭韻和節奏。

　　原始人在穴居壁上，描繪過去事件的圖像。由

於語言進化和文字不斷發展，早期的人類現在已能夠記錄身受痛苦和勝利。有些人開始以特定形式配置文字，詩和詩人就此誕生。

隨著時間推展，詩人成為歷史學家，又是哲學家。我們對古羅馬的理解，是透過奧維德（公元前43年至公元8年）的筆，他書寫愛情、流亡和神話。第8世紀時，希臘史詩的詩人荷馬記錄特洛伊戰爭，為我們奠定希臘和歐洲文學的歷史基礎。

如今在我們時代，舊道德和宗教信仰已經解體。新世界不再有理性的意義，詩人有義務去質疑時代的教條……，要成為哲學家，該從破碎裂縫摘取真理，來拯救文明，消除老舊僵化。現代詩人需要嘗試，並且身體力行，成為現實框架，在絕望時機提供希望。

　　今日詩人的任務，是要說出世界現在是什麼、過去如何、未來應該是怎樣。唯美不足以成事。詩人必須指控和論述時代弊端，需要挑戰奴役人類、致使人類陷於冷漠狀態的象徵和文字。

　　詩人哲學家有責任對抗破壞性力量。身為火炬手，在訊息內攜帶光明。將文字壓縮成詩，給悲傷、憤怒和痛苦，賦予正面質素。

　　詩人文字可以成為工具，從個人真空中創造意義，並堅持對未來的理念，可以在他人最黑暗的時刻，給帶來安慰。

目次

第2輯：創作與寫作
Part 2：Creativity and Writing

第1輯：作家群像

Part 1 : The Writers

李魁賢
Dr. Lee Kuei-shien

這是自由的領域

雖然有些漩渦

有些大魚會吃小魚

李魁賢詩〈盤中魚〉

堅毅黑眼珠的

文字勇士，

學者型

夢想獨立

正是台灣的命運。

但是北方

食火龍

對自由遠景

猛噴黑煙。

你每天早晨

黎明即起

穿上詩人衣裝，

在羊皮紙上宣告

你要

「努力學習聽

　歷史的聲音」*

但強大暴風雨當前

夢想有時會黯然。

你的聲音持續

呼喚你的人民始終

要在正義與真理

旗幟下邁進。

* 引自李魁賢詩集《溫柔的美感》中〈貝殼〉詩句。

伯納德・賀維特
Bernard R. Hewitt

你身為海軍訓練出身的

海岸觀察員穿越過

新幾內亞和所羅門群島

颯颯響的茂草叢林，

背上收音機和行軍袋，

機警廣播異國

日本軍隊的行動。

一心一意攻讀

德國大學的

理學碩士學位，

你啟程前往異國情調的

世界漫長冒險行程，

旅行、教學、工作

歷經北非、馬來西亞

和其他男性氏族的

刺激性地區。到最後，

你得到一根枴杖

是新幾內亞酋長贈予

然後回到你的祖國

太平洋澳洲陸地。

你後來寫下童年的經歷

土地的形勢及其被貪婪兀鷹

掠奪開發，對原住民不義

腐敗政客罪行纍纍。

你從下面爬上來

用筆登峰造極。

浪漫詩人
Romantic Poets

致 Reggie Williams

他們在稱之為詩的
浩瀚文字大海中游泳。
華茲華斯寫過水仙花
金光閃閃舞遍英國山丘。
拜倫勳爵至少算是英勇
寫下希臘的輝煌。
我們從濟慈學習到
欣賞古甕之美，
〈當我行過麥堆〉給我們契機
認識蘇格蘭詩人彭斯。
那麼《古舟子吟》似乎是

來自柯勒律治的黑色毒品夢。

浪漫詩人用韻律寫作

是擅長測量時間的文字匠。

古往今來創作詩的天才

為真正的英國大地增添歷史光彩。

威爾弗雷德·歐文
Wilfred Owen

（在1918年11月停戰前一星期陣亡）

致Tom Braid

老人……殺掉兒子

將歐洲半數青年，逐一消滅。

歐文詩〈老人與年輕人的寓言〉

你是無可奈何的戰士

拿筆的年輕人

文字才剛剛開始

流暢。但戰爭把你

掃進灰色行列，於此

雷鳴般的時代鼓聲

向地球上磊落的青年招手

鼓起勇氣來

噴血如泉而來。

在世界寒冬變遷時

光彩假神要求

經由火焰和冰雹

為金髮無辜者犧牲

直到死亡刺耳的呼吸

把假神歸到那些其他人

及其兄弟們的幽靈和黑影

那些曾經是人類。你就

投筆從戎，長靴踏步聲進入

危險戰壕陰森森的黑暗裡

此地在枯草低語間

砲彈呼嘯聲凌厲風行

戰友躺在那裡像戰爭血腥屠殺的

破碎零件。你宣稱

獎牌不足以獎賞

無謂浪費未唱出聲音的青春

卻還要多加一次死亡。

你，身為英國吟遊詩人隨頌歌倒下

未完成的歲月，為憐憫戰爭而犧牲掉

但你的精神揚升，傷到現代人良心。

艾蜜莉‧勃朗特
Emily Bronte

不休的精神，狂熱任性

踏過荒野和迷濛山丘

藍寶石預言家唱自己的歌

狂暴女神採集夢想

在緩緩初升的月下

周圍有荒野百靈鳥嚶鳴。

四季遍布無聲的寧靜

連帶積雪覆蓋幽谷，還有

樹木在黃昏微風中呻吟搖晃

加上空氣中石南花的清香。

妳的長髮圍繞平靜秀臉

拒絕參加別人嬉鬧比賽。

妳雙腳擺蕩在覆蓋大地的

蕨類植物葉子上，秋天樹枝

在風中悲嘆，妳叛逆意志

仍然把世界拋開，而妳執筆

傳誦久久回味無窮的文字

和諧節奏的遺風濃密如繁星。

被空虛幻影追逐，布蘭威爾*走啦

妳急切的雙手伸向死亡

而逝，未經熟慮，自由奔向

自己與命運會合相聚。

塵土慢慢與草坪混在一起。

墓地默默守護其寶藏。

* 布蘭威爾（Branwell Bronte, 1817~1848），是艾蜜莉‧勃朗特之兄。

莫格 · 威廉斯
Mogg Williams

（威爾斯礦工、劇作家和詩人）

你走過黑暗地牢

注視到年輕死亡男孩

像積在肺部的煤塵。

等到像鯨魚腹中的約拿[*]

受傷才把那些男孩從

陰間內部吐出來

如飛馬騰空。

你是來自地層下的先知

使用文字簡化掉

瘦弱和強壯男人的痛苦

他們在阻絕光線的
迷宮內徘徊。

你用憂愁聲音錄製
礦工頻頻乾咳和失落
徒步穿越通道和夾縫
像可憐的白蟻，
他們見不到暮色
很快被抬上去
平躺在威爾斯墓地。

你穿上詩人衣袍
以謙虛姿態，露出真相

拉開夥伴的眼罩。

遠景像劇本中的大草原──

你的詩是堅定力量

超越時間流逝而躍升。

* 見聖經《約拿書》，約拿沒有順從耶和華之意，搭船躲避，海上遇狂
風，「耶和華安排一條大魚吞了約拿，他在魚腹中三日三夜」（第1章
第17節），約拿發現患難時，自己毫髮無傷，漸起敬畏之心。

費德里科‧加西亞‧洛爾卡
Federico Garcia Lorca

我要睡一下

一下下，一分鐘，一世紀：

但大家必然知道我還沒有死，

我唇上金色安然…

　　　　　加西亞‧洛爾卡詩〈黑死的加塞拉〉

致Coral Lee Ohara

卡斯蒂利亞王子之歌，熱情飄揚

美聲歌詞縈繞鬥牛士、摩爾人和響板。

你是傳奇，植下西班牙象牙文字種籽，

喚起村莊廣場、巴洛克塔樓和寧靜噴泉，

在科爾多瓦正午陽光下濺起水花。

你的旋律暢流籠罩麥田、獨角獸

獨眼巨人，和山茶花香的塞維亞之夜。

超現實傳奇，你塑造牧歌

遵循詩人小徑令時鐘停止擺動

只是把斗篷和十字架的疊句

和射手、安達盧西亞小馬、古代銀劍

翡翠苔蘚，都聚攏在吉普賽人舞蹈腳下。

然後樹枝斷折，枯葉飄落，死亡

開始悲鳴。墓地被洗劫，骷髏遭損

壞疽爬遍一千扇窗戶

烏暗日蝕蒙蔽理性和正義。

法西斯分子把你帶走，讓你噤聲

湮滅你史詩的心弦，我們甚至不知道
你死亡時間是發生在黎明、夕暮
或是「下午五點鐘」。

法蘭茲・卡夫卡
Franz Kafka

我仍在埃及監禁中。

還沒有渡過紅海。

　　　　卡夫卡

你從孤寂井中，描繪潛在邪惡

埋伏在人類的洞穴深處。

擾人的混亂以童音深深融入

小動物嗡嗡聲，和《城堡》電話哼哼聲內。

你從內心的虛幻夢境，

從歐洲人在貧血混亂中走不出來的

隱藏迷宮，分離抽出真相。

你預見即將出現大屠殺，

在發生之前加以記錄，

黑衣戰士在雷聲中行軍，

而〈在流刑地〉雕鑿死亡的酷刑機器

在無辜者的背上，《審判》定罪

竟然是根據出生證。

基督徒的激動和弦逐漸加強

爆發成屠殺數百萬猶太人，

但以色列從他們的灰燼中復活，

你憂鬱黑眼神在遠方微笑，

知道那是書寫在群星上

純淨和變化往往隨

悲慘代價和損失而來。

傑克・倫敦
Jack London

瀟灑少年散髮隨風飄，

在牡蠣地下工場作苦工

十七歲上捕鯨船充當水手，

然後到阿拉斯加黃金礦場，

挖掘、淘選，帶著貴重金塊

回到家，誇張故事照亮

遠方國度寒帶風土的人民。

接著偷搭火車，分享流浪漢營火

生活在倫敦街頭的深淵

前往南太平洋

在那裡賺到更多財富

認識痲瘋病人和原始島民故事

以及亞洲禁慾的祕術皮毛

洞悉沙洲、帆船

和真實的荒蕪陰影。

無盡止的動盪，和諧的聲音

發光的通道走廊

文字的旋律，思想的漣漪

茉莉花之美充斥在

你眾多書的字裡行間。

那麼多書壓榨掉

你的有限時間。四十而逝

但留下豐富遺產。

短篇故事、小說、航海傳奇

啟蒙並愉悅未來的世代。

你確實編織出

世紀的永久錦繡。

海明威老爹
Papa Hemingway

你創造本身的傳奇。

小時候媽媽讓你

穿女孩服裝

讓你反抗

在餘生中證明

自己的男子氣概。

所以你去參戰

在非洲打獵

在古巴水域釣大魚

在西班牙跟野牛奔跑。

你勇敢。你殘酷。

你背叛妻子，傷害過

許多愛你幫你的人。

但你始終忠於自己技藝。

你站在打字機前寫作

敲打出的文字

自行纏繞讀者周圍

真相翻譯成

許多語言，終於

為你贏得諾貝爾獎。

哈特・克萊恩
Hart Crane

（1932年4月27日在奧里薩巴從遊輪躍下）

群星一再波動親吻

你搖晃的身體，

  在死亡處，若流血

證明無大屠殺，僅是單次突襲。

  哈特・克萊恩詩〈遠航III〉

無法遵守先知的叮嚀，

過那座橋，你反而選擇

躍入海浪下方，

口袋裝滿意象和主題

帶著熱情失意，命中注定

要在滿月和星影下

接受潮汐沖洗。

大西洋淹沒你的濟慈之火，

把純真冰冷，再也無從

探索。船舶不知情，越過

你的液體墳墓，但海鷗

仍然在浸沾翅膀。

詩人和劇作家安魂曲
Requiem to a Poet and Playwright

　　我聽到美人魚一對一在唱歌，

　　我不認為是唱給我聽。

　　　　　　　艾略特詩〈普魯弗洛克的情歌〉

　　田納西・威廉斯要求

　　火葬並且在海上的

　　哈特・克萊恩附近舉行

　　把骨灰縫入乾淨白袋內

　　在船外泡水十二小時

　　　　於哈瓦那以北。

　　他葬在聖路易市

　　　　他的兄弟聲稱

　　沒有人能在海底

找到他的骨灰，如此
文學巨匠的墳地
　　　應該成為神社。
甚至有人主張詩人的骨骸
是欠世界的債
　　追求名望的肉身
終歸被蟲吃
同樣等待評論家來啃。

波士頓以北
North of Boston

「楓樹、樺樹和美洲落葉松」

都倒在佛洛斯特的斧頭下。

蒼白蝴蝶在早春飛舞

枯木在歌唱的風中折腰。

一頭小牛站在〈補牆〉邊

而鮮紅莓長得又茂盛又高大。

漂流物堆高在〈未行之路〉上。

這位詩人作品充滿「如果」。

〈泥濘時節兩個流浪漢〉經過牧場和穀倉

尋找工作，但他們沒有惡意。

有〈黯淡的秋雨日子〉

而〈柴堆〉靠近陰暗小巷。

然後我們甚至不能不先提

〈致回暖的風〉，當然還有

〈橙頂灶鶲〉與抓狂的

土撥鼠和兔子混在一起。

佛洛斯特聲明「萬事有書的一面」

用抒情文說，他的思想飛揚

宣稱「鳥不流淚，而是詩人在哭」

在路上，他們必須追求真理

和心靈的永久國度

乘風破浪，抵達淺灘。

　　「還緊緊握住卑微的筆

　　　對抗黑暗、風和寒冷。」

芭芭拉・懷爾德・威爾遜
Barbara Wild Wilson

姐妹呀——

我是多麼幸運

因為有妳。

妳從青春時代就是天才

身兼學生、教師、詩人

又是世界旅行家，悠遊在

阿富汗山區

馬來西亞叢林

騎駱駝和大象

在非洲海岸附近

與海豚同游

在貝魯特機場

躲過槍火

在希臘政變時

搭最後班機逃離

沒被肯亞子彈擊中

卻在泰國被瘋狗咬傷。

妳的歷險害我氣絕。

我總是擔心，而妳總是

把新故事帶回家。

妳是無休無止流浪者

好奇心，我則盡一切所能

驚歎不已並繼續記錄

妳周遊世界的行程。

妳是寶藏

在我的彩虹盡端。

致亞瑟・福夫博士
To Dr. Arthur Foff

（舊金山州立大學）

你應可容易放棄

薩姆・斯佩德偵探小說

你嘴角吊著香菸

任風吹亂頭髮

身為固執的記者

寫得深刻又具戲劇性。

尤多拉・韋爾蒂宣稱你

是美國文學中

最鬱悶的藝術家。

你轉往教育發展

成為新世代崛起

作家的導師。

你把詹姆斯的雄辯

削減到

現代海明威

精簡見骨的技巧。

心臟衰弱的人

無法倖免你教誨。

你一死就削減掉我一部分

但你的智慧仍然捲繞

在我繼續戰鬥的筆

不讓仲介、出版社或評論家

把我消音，因為你教導我

那種「堅持致勝」

你的座右銘已經變成我的。

金光林
Kim Kwang-Rim

個性鑿刻在

你臉上

你把詩思

壓按在

時間的書頁上。

被劍劃破的

傷疤撕裂

北緯38度線

痛苦依然

緊壓在你詩裡。

歷盡滄桑的吟遊詩人

試圖從往日依然

染有兩種對立政治

留下來的痛苦

雕塑現在。

身為韓國高蹈派大老

和希望建築師

你力爭提出

積極夢想

也許到某些時候

全民都能

和平相處生活。

到那時，總有一天

你有時間

在日益增長的物質世界中

塑造樸素的世俗美德。

「愛情在市場無價。」

泰戈爾
Tagore

我們沒有時間浪費，沒有時間

所以我們必須爭取機會。

我們太窮，不能遲到。

泰戈爾詩集《吉檀迦利》82

你的節奏旋律

力爭飛舞在

印度污染塵埃上方。

你長笛般歌曲的韻律

撫慰在廟門口

失落、卑微和貧窮的喧嚷。

路邊乞丐成為

編入你微弱的節拍

在和諧歌詞中捕捉到的韻律。

水牛、季風

還有神祕的山脈

全部是你智慧窗口的

珍愛珠寶。蓮花

化身，降臨到

孟加拉筆端，萎謝在

新月下。信使

衡量自身隱喻

針對異國的風景

追查祕密模範。

穿越花園和廢墟

在復歸生命輪迴之前

詩人創造無限

光明和真理的寶藏。

穆罕默德・法魯定
Mohammed Fakhruddin

熱情的印度詩人兼出版家

具備現代詩形式

以及諸多聖賢

代代相傳的才華。

長時間出汗

又要無休止努力籌措

資金以求發表

全球聲音

痛斥

令人無法忍受的邪惡。

你以使命自許

環遊世界

向文人收集資料

不分國籍、種族和宗教。

對於為友誼與和平

戮力的這些英雄

理應頒給獎牌。

而我，孤獨的仰慕者

只能獻上這首詩

做為對英雄人物的獻禮

那些來日青年

為追隨你

堅守我們時代的真理。

這是不足的稱謂

但無論如何我獻給你

做為希望燈塔之一

照亮我們的道路
朝往更佳存在。

禪畢雅博士
Dr. D. C. Chambial

黑眼珠印度漢子

穿長袍的

詩人、評論家、編輯。

似乎難勝的戰鬥

斜斜鋪上墨水

致力於擠出

輕聲文字

形成散文和

韻律詩的模式。

你穿越過黑暗時光

像孤獨的信天翁

用翅膀拍打

夜的邊緣。

你遵循理性路線

圍繞文明的

同心圓圈

哲學王子

為凡人編纂

先知保證大全。

查圖維迪博士
Dr. Mahashweta Chaturvedi

印度女兒

頭戴古代吠陀光環

表現智慧與理性

鋪設層層的

印度哲學。

美德與真理

是妳的劍

要屠殺吐出污染

向好人噴火的

惡龍。

妳是當今的

聖女貞德，勇往向前

在家庭裡和

「生活領域」

爭取承認

女性的貢獻。

在妳的筆獻給

鼓舞人心的詩裡

強調美、和平與愛

試圖創造

地上的天堂。

列斯蕾・特里帕蒂
Lesley Tripathy

印度公主

投出世界風行的美女

列斯蕾・特里帕蒂

黑眼閃亮美女

在印度風中搖曳，

現實從此開始

神話在何處終結？

難忘的聲音美化

周圍印度丘陵，

烏黑長髮女兒美貌

在溪流間搖蕩霧靄。

她的形態看似仙女；
舉手如詩般優雅，
還有在她臉上
雕刻出天使之美。

她是女性象徵，一身
集青春、魅力和希望，
又舞又唱的奇蹟是
由印度獨特設計塑造。

第2輯：創作與寫作

Part 2 : Creativity and Writing

詩人的態度
A Poet's Stance

我因寫出多麼污漆墨黑的事

連孤單的栗子也絕對黑

而遭受到批評。

作家的心靈應有所不同吧？

他的使命不是盡量探究

深層以揭露人之惡嗎？

作家確實不應該

在周圍有亂流激盪之際

困於僅僅寫些華麗的思考。

他的使命不應該提醒文明人

要有道德義務嗎？要剝掉

人民所隱藏祕密的裝飾嗎？

我拒絕壓抑我的話，只因為

不好聽。面對人道評審團

難道恐怖分子就不該

被強制酷刑和殺死？我們

沒有權利維護為人的純潔嗎？

我的筆已找到人生使命。

風傳來野蠻耳語時，我不能

保持沉默。要譴責我，隨便你。

詩人的身分
The Poet's Place

不是身分使人優雅，而是人幫身分增光。

（阿格西勞斯 Agesilaus）

哲學朝聖者

版圖橫越四季的喜馬拉雅

山脈。高蹈派詩人做為史學家

在力求破解洞穴內所鑿刻令人困惑的

象形文字，記載靜止不動的冰川根源

以及奧林匹斯山諸神被剃光頭所扭曲時代中的記憶

還有蕈狀雲和古拉格群島。在每一顆逐漸縮小中的

矮星下方，留給文字博士思考謎題

如何才能夠抹消黑暗統治的領土

解開鎖住在加勒比海螺殼內

尚未誕生旋律，剝光仇恨

教條，搶救雪豹免於

獨角獸命運。先知

必須要帶領群眾

走出牛頭人迷宮

編寫過去

大屠殺

和挑戰

假神

延伸

無窮盡

在暴風雨

災難黑夜

他留下來

創造

虛弱

傳說

預言家

繞時間

圈圈走

他變成為

真理的祖先

詩情遊歷
Poetic Trek

我全球旅行，跋涉於
復活島紅色殘破雕像之間
聆聽皮特肯島孩子們
唱讚美詩，感受荷蘭港的寒風
也在黑海游泳。

在詩情探索中，我登上中國長城
騎駱駝行近獅身人面像和吉薩大金字塔
漫步於希特勒地下雕堡圍牆內
竄過達浩集中營恐怖鐵絲網
觀察奧斯維茲集中營血跡斑斑的牆壁
焚屍爐、成堆手提箱、鞋子和義肢。

我看過格陵蘭島和冰島的浮冰，

阿拉斯加更多冰川，還有克里姆林宮，

巴厘島猴舞者，柏林圍牆，

德勒斯登廢墟和科莫多島巨蜥。

我看過蒙古牛仔騎駱駝，

吃過西伯利亞貝加爾湖珍魚。

我始終在探索中，於全球人民之間

看到快樂、悲傷和恐懼。俄國人害怕

和我們說話，而中國人想練習

當前在電視上學來的英語

取代義務教育的俄語。

我享受世界盛宴，全部混成一體形成

這種性格，這位人物，這位詩人，這首詩。

詩情風光
Poetic Landscape

詩人起身面對

又一天，太陽正爬升

到無極表面。

她拿筆浸潤到

語言（文字）之內

長長短短，無力

又寂寞。早上

映照她的思想闖入

群集的韻律和節奏裡。

樹會用舌音說話

由她翻譯音節。

天竺葵在陽光下閃亮

麥浪在類似

梵高一幅創作的

田地呼嘯。

靜靜步下樓梯

花斑貓注意

此舉。她知道何事

正在解凍，即將

爆發呈現出

光輝燦爛。

無意識釋放俘虜。

詩人手在顫抖。

詩於焉誕生。

颱風遺事
Residue of a Storm

我單獨守住房間

躺在床上

手拿筆和墊。

風在外面怒吼。

我的貓現身，跳上來

依偎在我身旁。

貓頭鷹飛到現場

向颱風提出

質問。

我凝視書架上的

家族畫像。

大家對我微笑。

雨水敲打屋頂

外面有些貓

大聲叫，在抗議

某些不明事故。

風突然靜止

僅剩下單一樹枝

在敲叩玻璃窗。

想要進入此詩內。

我歡迎。

一隻狗對浣熊猛吠

抗議侵占到領域，

如今撥開雲間

有半月露臉。

所有這些成分

都滾落到此詩內。

我沒辦法呀。此詩

是生命的慶典

從永動地球

爆開,轉呀轉

一直轉不停。

作家說法
Explanation of a Writer

費茲傑羅曾經寫過

像這樣的話「富人

和別人不一樣」

我想作家是和其他人

有所不同。我曾經去過

加州的史蒂文森博物館

設在聖赫勒拿鎮，發現有

康拉德、詹姆斯、毛姆等

許多作家寫給史蒂文森的信

當年他住在南太平洋的薩摩亞島

究竟如何認識這些作家呢

我知道作家們雖然彼此互相認識

而且分享他們的想法和體會頓悟

當我離開塵世時，我不會在銀行

留下大筆錢，卻會留下貴重寶藏

那就是書籍、書籍，更多書籍

我的財富就是都由全世界

這些作家的學識所構成

他們找到我的郵箱

跟我分享他們的智慧

我很感激終究成為

有所不同的人之一

一位作家！

五朔節跑步
May Day Dash

致Reggie Williams和Tom Braid

我書房內的書架上

有關於俄國的書、百科全書

詞典、小說作品

宗教經典、心理學

哲學、社會學、傳記

和歷史巨帙。

但詩集散置在

其他房間,靠近電腦

在咖啡桌上、床邊

　　和腦筋裡。

詩集不願放置或拘束在

書架上，而爭取

自由逃離這些場所

擠進禁區

有老虎、狼人和

跳舞的狗在滿月下

嬉戲，而革命

燃起無名小夜曲

　　詩人必須快跑

　　　　在紙上掌握。

半夜動筆
With a Pen at Midnight

我往下狂熱挖掘

到深層，試圖

抽取朦朧

奇異，又美妙事物

湧動進入

燦爛的詩裡

讓人吼出

和諧激情的聲音。

但今夜我視力

陰翳模糊

從內心幽影出現的

只是淒涼、苦澀、殘酷意象

擊潰我的寧靜

逼我放棄

追求創造的欲望

直到曙光親吻大地。

孤崖下
Beneath Crags of Solitude

她認罪剝奪掉自已

　　無辜

在黎明之前

佇立等待遠景

黑暗延伸到

　　寂靜無限。

她努力掌握

遺棄碎片

赤裸裸雕刻

　　成詩

在意識清醒下

思考事物的

　　普遍性

就像燕子總是

飛回卡皮斯特拉諾

築巢再離開

浣熊在二月交配

紅色天竺葵在夏天

而彩虹對藍天

　　　打點滴。

北風自由吹

被鎖定在古代

歌詞和節拍的聲響。

她受到反射電流扭傷

在喃喃自語。

無聲的話像翅膀

在子宮內拍動

從墳墓衝出

像彗星的尾巴

　　在旋轉。

晨霧低垂

到山下

蝕刻這幅女詩人肖像

等待誕生日

　　眾多之一次

　　　　黎明之夢。

藝術的意義
The Meaning of Art

藝術描繪人類心靈內在精神。
藝術家把我們所知道一切往事
跨越歲月留傳。詩人
記錄古希臘和羅馬的歷史
啟發我們後來者。早期
原始人將他們的生命,藉用
營火之光,描繪他們歷史
揮灑塗在洞穴牆壁上。

藝術家漠視他所處時代的
智與美。以火熱的眼神
推開黑暗,向前鋪陳神跡
和神話,繪出今後時代的

神性。他把命運赤裸的腳印
踩到我們存在上。他是先知
指明通往更美好明天之路。

老鷹夢想在野
Wild is the Hawk's Dream

老鷹在天空盤旋

於昔日的廢墟上方

底下的地球全部為屬地。

戰鬥鳥翱翔於夕暮裡

去迎接群星。在那下面

有些男人夢想尋求

那個樸素黃昏，但首先

必須擺脫往昔日子

拋棄潮濕洞穴

黑暗溝壑、荒蕪神殿

消除悲傷和痛苦

激起不一樣的夢想。

想要老鷹般翱翔，人必須

忘掉紀念絲帶

願意度過寂靜的季節

在坦然孤獨中，一無所有。

有時候翅膀代價是寂寞

但這才正是野鷹自由的價值。

小出版社編輯
Small Press Editors

他的座位周圍是

堆積如山的未覆郵件

待審閱的手稿

以及要校對的書

時鐘滴答滴答響不停。

那麼多財務煩惱

天天困擾18個小時

賣不出去的書堆在

他房間四周，而疲倦

加重在他肩膀上

黑暗壓緊他的眼睛。

本月要出版一本新書

下個月另外一本。再過

一個晚上又一個晚上
又是一本，然後再一本
到底是怎麼回事？

成功與失敗只能由
時間來裁判，但我猜
那些躲藏在背後
偷笑的人知道
為人類保存美麗
以及知識和歷史的價值。
當然這足夠
人一生的總和。

狼兄狼弟
Brothers of the Wolf

公司出版社

不理他們。

大多數圖書館禁止

他們的書上架。

他們是黑夜荒野中

噪叫的聲音。

但在某處，有人

總是會聽到……。

在澳洲、韓國、希臘、

威爾斯、台灣、冰島。

小型出版社卻是

全世界地下出版機構。

決定性潮流
Decisive Tide

時間從不棲息在

今日的樹枝上

而是暢流穿過永恆

澎湃和迷惑人類。

我們不過是參加通航盛會

留下來破解我們的命運

質疑先知的默默無言。

數十年累積成百年

只有詩人的文字承載

永恆，在人類心情

羊皮紙上，嵌入寧靜

和永恆真理。像草葉片片

在風中揮舞視域

語言飄揚越過遠方

不可預測且脆弱。

陰影從岩石中躍出

時間剎那停止

變成異鄉人面前的夕陽

連接今天和明日

將勇氣銘刻入骨。

更加確實永存記憶

群鳥鳴唱起永遠希望之歌。

第3輯：人民與場地

Part 3 : People and Places

情繫陸海
Tying the Threads of the Earth and the Sea

波浪輕輕拍打

亞洲海岸

狂風如今越過

水平線遠颺。

鯡魚幫

循游

新英格蘭海濱

彩虹脂鯉照亮遠離

墨西哥岸邊海面

大群鮭魚

從海洋奪路

到太平洋沿岸河流。

海孕育寶藏

滋養內陸樂園中的人

受到川流不息的

美麗季節日照。

在海洋內部

強大的毛象鯨

以體型和優雅取勝

其表兄弟海豚

躍舞本身的勵志傳奇。

可是唯有人會冒險

出海、上太空

以知識和愛

藉單一的詩心交融

統合全部要素。

跨越海神王國
Across Neptune's Realm

迴旋的海水

在閃耀星辰下動蕩

銀光投射到

又安靜又狂風的波浪上。

在海床

幽暗的深淵下

寶藏從海岸湧到另一海岸

有貝殼、岩石、珊瑚。

海洋上也有

移民遷徙

從港口到另一港口

攜帶智慧、理解

和友誼的財富

從國家到另一國家。

海陸合鳴

融成完美和諧。

在漩渦邊緣
At the Vortex's Edge

老水手站在船首

聆聽海交響樂

波浪、海風、遠方雷鳴

綿綿無盡朗誦詩

只是被船螺和霧笛干擾打斷。

海浪濺起芬芳

古舟子吸氣

然後抬眼

眺望無數星座

在夜幕傘蓋下閃爍。

陣陣痛苦使他青銅臉色緊張

因為今天有一位伙伴下葬

施肥於海洋花園

他的遺體與珊瑚、海膽

鯊魚骨、藻類、海草

和沉船柱廊同在。

颼起的黑旋風扯斷索具

接著是宇宙海流

猛襲快船。

家遠在天涯，水手趕緊穿上

英勇外套，操作舵輪

右轉朝向神祕領域，明知

自由永遠在全體海上勇士的

　　心坎裡。

日本倖存者
Japanese Survivor

老人獨坐在寒冷夜風中

獨坐破椅，在他往日住家的

瓦礫上。地震發生時

他在花園裡

家人都在屋內

房屋已倒塌像皺紋紙。

他嘗試抬起木板救出家人

人體實在太重。

鄰居警告他海浪即將湧到

但他不想離開被埋壓的親人。

他們只好把他拉上山。

海嘯將他的房屋、妻和孩子席捲

出海。他回來只找到幾塊木板
在曾經生活過的地方。

他找到破椅，如今就坐在寒冷夜風中
一再等待。沒有食物，沒有水
所有夾克和毯子都被沖走
到海裡去蓋魚。
無人可以接近他，因為道路不通
全景所見是殘骸和碎片堆積。
他發抖，牙齒打顫，這是怎麼回事？
他等候死亡，不確定究竟是否會
餓死或凍死。他不知道，然後
開始下雪。怎麼會這樣？他不知道。

所有人事都消失。他仰望天空，

雪抹消掉星星。他的椅子開始滑動

然後傾倒，把他拋在地上。他坐在那裡

淚水順著臉頰流下。等待！等待！等待！

他不知道為的是什麼。

松尾芭蕉
Basho

芭蕉七月遊

順最上川往下走

隨俳句暢流

嫌路太短呀

秋葉尚未全落盡

冬寒早已到

到達大阪時

芭蕉漫長旅程終

隨即入涅槃

杭州
Hangzhou

晨霧的

飄浮銀幕

在嵯峨群山前方

移動。

垂柳在追蹤

西湖持續寧靜中的

玉指。龍

從浮墊和岩石間

騰升。

瞬間之美

在詩人眼裡

於寂靜中自我蝕刻，

後來在筆下

成為肖像……。

時間懸空凍結。

伊拉克沙漠
The Iraqi Desert

在沙漠風景下發亮

坦克車有節奏

滾過沙漠。

黎明時，一隊駱駝自由徜徉

在炙熱天空的背景

看似被遺忘的行軍篷車隊。

難民出來尋找飲食

由士兵解囊贈送

正踩過躺在沙地下方已經

化石的骨骸旁。狂風起

襲擊並摧殘自古以來

在神祕移動沙粒上

所有活動生命。

單純且犧牲的歷史

經常被連續

騷動的沙塵淹沒。

往日文明的祕密幾何形拼貼

已被埋葬，像巴比倫。變化不定的

顆粒每每改變、偽裝沙漠

其時間進程，就會抹消

人和牛羊通路。那是導航

也是掩護異鄉人旅行到墓地

途程的垂死掙扎。

因此，縱然人會往生

只是暫時旅寄

而沙漠本身

卻依然永遠留存。

路上難民
Refugee on the Road

九十年的生命和戰爭

他身歷其境。

現在靜坐被記憶撕裂

殘骸就在面前。

明天會有更多人死亡

那麼多游擊隊

那麼多政府軍

那麼多平民……

一直都是這樣。

這樣的人不會改變，

而時間繼續流動

一小時一小時穩定消逝。

老人靜坐

眺望遠方的眼神

尋找一處空間

讓人、動物

和小孩不會死

或至少不會那麼快。

他看過太多啦

腳在瓦礫間流血

心痛苦而破碎。

明天唯一的希望是

大概不會下雨。

墓地幻思
Graveside Reverie

我接近人生

長途旅行終點

才感到需要蒐集

拙著。長篇小說

如今已

裝訂成冊

正收集短篇小說

其次是我的詩。

我喜歡想像

某一天我走啦

有位年輕蒙古詩人

在日出時坐在

蒙古包外面

用他的語言念我的詩

在印度有一位學生

念我的短篇小說

用印地、孟加拉或烏爾都語

在台灣會有人

讀我的長篇小說。

我的文字是我生命遺產

我回憶的彩帶

是印在時間牆壁上

亮麗的馬賽克。

我曾經看過

一位日本年輕作家

把所譯傑克‧倫敦作品

放在倫敦墓上。真的

印刷文字

比花更加耐久。

大灰熊
Grizzly

大人怕你，但小孩

把你的形象帶到床上。

嗜蜂蜜的你蹣跚

艱困踩過春天落葉

在深山裡久睡

醒來後餓極。

你龐大身軀尋覓

淺灘找鮭魚

伶俐逆河洄溯到此

你用勝如魚鉤的

利爪猛揮，劈開水流

撈取久待的大餐。

「可是人在追捕你！」

獨行勇士徜徉

在林中編織足印

於新春草地

你魁梧的體格

連滾帶跑按節奏晃動

以緊密毛皮

抵禦暮冬寒風。

「儘管勇敢卻已筋疲力盡！」

你跨步越過

冰凍高原小徑

在阿爾卑斯山溪流抓鱒魚

踩踏冰河磨光過的

岩石，採擷太陽普照
天空下的漿果。
巨大的神明抗拒滅絕
被逼愈來愈趨近
你在天庭的
神聖大熊座表親。

第4輯：私情詩篇

Part 4 : Personal Poems

在門的這一邊
On This Side of the Door

我站在生命的等候室

觀看鐘擺晃動。

過去承諾的時機已到

在岩石上衝擊粉碎

從半影出現希望

緊偎在漂移的彩虹背後。

我已活到看見第一位

火箭發射到外星

在月球上漫步的人。

曾經有過戰壕滿盈血液

而貝殼仍然排列在熱帶海灘上

正是翼手龍抵抗

時間壓力飛翔的時代。

在矮小太陽下，我站立

陰影中試圖捕捉

人的精神變化

到達頂峰，編造

大屠殺周邊的神聖。

堡壘、陵墓、神話繆斯

還有假神往無限拓展。

網絡已織成，時鐘的指針

繼續運動，而我的筆

懸在空間的邊緣。

我等待開門

還沒鑰匙，把握手稿

記錄人類真情，

以和諧對抗侵蝕。

你最終可隨意向我索求，

但不要把我趕離前廳。

我在這等候室的位置受到神聖信託。

另一週日早晨
Another Sunday Morning

致已故丈夫Charles Albert Schuler

陽光燦爛。

鳥也在鳴唱。

該是完美的日子

但缺少你,親愛的。

對面沒有帶酒窩的微笑。

沒有柔情款款說話的聲音。

空虛沈重難挨

因為你不在身邊。

我們共度那麼多年，
如今好景不再。
我這般孤孤單單。
內心已告碎裂。

死神是時間的親密夥伴。
祂可以隨意選擇誰。
面對祂的宣布，我們無權回應。
祂仍然是主人身分。

所以我整天在陽光下
尋找你的遺跡，

從鳥的美妙歌聲

揀取我可得到的快樂。

* 本詩獲網路印度國際詩選《我最甜蜜的愛呀：永恆的寶藏》大獎（Chitra
  Lele和S.S. Kanade博士合編）。

詩人旅行路線
A Poet's Line of Travel

女兒出生時

我跨越過另一邊。

醫生群認為是他們

讓我拾回生命，非也

我是被遣回，並告知

「妳還沒有完成

被派來執行的任務。」

我拿起筆，代替劍

並著手證明「兄弟情誼」

勝過文字。事實證明

路徑又漫長又累人

但我在旅程中，已經加入

許多其他人。他們穿真誠
又真實的長袍，還帶筆。
跟我一樣，被選中的人知道
這次行軍蜿蜒曲折到天星。

午夜勸告女兒
Midnight Counsel for a Daughter

在這些年的黑暗歲月

我碰上已經長大的惡魔

成為老朋友，而妳

正好也遇到妳的惡魔。

我會把世界交給妳

但那也不是我的世界。

已經建好的工廠

在冒黑煙，再加上

油井排毒到海裡

而獵人在追蹤地球。

我只能給妳夢想。

大家沒有為龍好好做準備

牠潛藏在妳必須渡過的

　　吊橋下。

妳把心獻給穿藍色牛仔褲的

男人，卻沒有注意到他

隔天穿在裡面的盔甲。

古代亞馬遜人割掉乳房

　　為了更方便俯首

但女性並不意味即是戰士。

妳要拯救世界，而我

要把希望寄託給妳，請記住

雖然聖女貞德被釘在柱上燒死

只有基督被宣告為上帝之子。

身為女性意味穿長袍的
痛苦。斗篷披在我們身上
雖然那是亞當，在伊甸園裡
　　接受蘋果。

女兒呀，女人之路在河流
另一側延伸，但怪物撒謊
潛伏在其流水中央。
夢之為物，較龍脆弱。
然而事實上我們是母女
無法改變也是姐妹的事實。

莫妮卡·瑪麗
Monica Marie

2013年5月17日

法學院畢業

母親還在子宮內

孕育妳時，我就希望

我的第一位孫

是女孩。

我在想要買可愛的

小禮服和玩偶。

妳反而選擇穿牛仔褲

喜愛籃球和球棒。

妳太早熟。妳的醫師

召喚在場的

其他醫師來作見證

妳才11個月大

就能背誦字母

和數到20。

妳10歲時

發表詩，但如今

都在撰寫案例摘要。

今天妳眼中閃現

喜悅和自豪

我捕捉到那亮光。

孫女呀，妳是靈感。

我對妳有無限信心

妳的未來會開啟

壯麗奇景。

杖石斷我骨，名聲不傷我
"Sticks and Stones Will Break My Bones, but Names Will Never Hurt Me."

小時候

父親經常

帶我和兩位姐妹

在新英格蘭樹林裡

走遠路。

遠足開始時

父親會為我們

砍樹枝做

枴杖，截斷

適合我們當時身高。

父親削自己粗大的手杖

然後隨著每一大步

戳地

我們會踩過

春天茂盛的寂靜

夏季乾涸的土地

和色彩繽紛的

秋天地面。

父親離開

這麼多年啦

我很少再走遠路

但最近幾個月

我觀察那位三歲

孫女斷掉的

手杖，她緊緊握住

在我的後院

顛顛倒倒走步。

有些人不會

相信輪迴……

我對他們無話可說。

對墓誌銘的想法
Thoughts on an Epitaph

（致我的太祖母，莎拉・魏爾德

因巫術被絞死在麻州

塞勒姆絞架山岡上）

　　　　　　1692年7月19日

刻上妳名字的石凳

如今矗立在港口附近

塞勒姆公墓旁邊的

公園。妳的名字不在

墓碑上，因受判刑的女巫

被丟在不淨的地面。

那些間歇尖叫的青少年

被坐在純潔心靈審判桌位上

渴望權力的宗教狂熱分子

抹消掉理性和理智。

歷史使我們的感官更敏銳

並脫掉幽靈

幻覺和幻影的罩衣

雕刻入所謂正義的歇斯底里。

國家為妳的冤死

賠償我們家族14英鎊

至今三百年後

這張石凳！經過如此長期

不明不白沉默後，憑墓誌銘

實在不夠，莎拉太祖母呀

只好這樣啦。妳的遺志

伸張。如今妳的名字長存

像夏日天空的輕柔藍彩

和夕暮時衝擊塞勒姆

堤岸的海浪。

我的書
My Books

我屋子裡積滿書

堆放在書架和地板上。

有時你會發現

連門後都有。

有各種各樣主題

以壞人和英雄最多。

主角無論女性或男性。

裝訂色彩繽紛

在書架上真是好看。

排在那裡，證明

我龐大的文學財富。

文字有無窮無盡含義

擴展我腦中的知識。

說我越來越聰明

可讓我聽起來真虛榮。

樺樹
Birch Trees

我最近觀看電影

《齊瓦戈醫生》

有樺樹的場景

讓我回想起童年時代

在新英格蘭有高大

白樺樹。挺立

像修長威伍的衛兵

美的化身，冬天時

給赤裸的枝幹穿上雪

外套。到春天，爆發出

鮮綠，總是令人喘不過氣。

我看過最大面積的

樺樹林是在西伯利亞

從火車窗口眺望。

我看到樺樹林延伸一哩

再一哩又一哩

神聖曠野無止盡的

守護者森林

與此相對比的是

廣闊凍原軌道。

我在住家周圍

種三棵樺樹

二十年後得病枯死。

園丁說在加州

這一區域對樺樹

還不夠冷。所以我在

私家果園種三棵

紅杉。如今長得又高

又威武，但那不是雲杉。

我懷念起童年樺樹的

無菌純度，或者也許

我真正懷念的是

童年的純真。

老黃貓
Old Yellow Cat

你哀叫聲聲震碎我的神經

但我愛你呀。

你想要某樣東西時

不會安安靜靜，要等得到

才罷，如果你的叫聲

要求沒有成功

你會抓壞家具。

我沒有處罰過你

因為你是我唯一伴侶。

我們有許多夜晚

耗在看電視，而白天

在花園裡。你

曾經是超級獵人

常常給我帶來禮物：

蜥蜴、鼯鼠、鼴鼠、溝鼠
鳥類，甚至蝴蝶。
某天夜裡發現你給我
留下一條蛇蜷縮在我床上。
如今雖然歲月已侵襲
你的腿，你已經
不像往日快速，如今
僅僅只能觀賞鳥。
朋友呀，我們肢體
一起老化，但我們有過
美好的生活。我們來
看一部好電影吧，
然後我們可以討論。

特殊認知的思考
Pondering of Peculiar Perceptions

我昨天

與一些朋友漫步

走進現代藝術博物館

有畢加索畫作佔位

在白牆上。

我立刻認出

是他藍色時期

熱情洋溢的畫作。

但是我的

哲學詩

全部被退稿

由編輯親手批註

「顯然太自我放任。」

話說在先

我甚至從未試過

紅色時期

更糟糕的是

描繪我的甜點

可能被收拾

當做陰謀的共產黨員。

我的迂迴彎曲

從未歸於立體主義

但貼上標籤

精神分裂症心神不定。

藝術似乎是

各說各話

畢加索的特點

盛傳為天才

而我的事被說成

荒謬衰老。

對權力的哲學思考
Philosophical Pondering on Power

時代混亂

世界正在改變

我周邊的人，和我

都感覺被捲入困境。

假情假義到處展佈

像吐司上塗果醬

而天真的人會相信

因為他們不知道

假先知所說的

半真半假。

我身為詩人不確定

如何抗拒

這些能言善道的騙子

所戴假面具。

有些夜晚，我無法入睡

思考可以從哪裡

著手處理

這些人的邪惡。

我仰望星空

除了雨，什麼也沒有。

在歷史流程上
On The Flow of History

今夜我在看

牆上照片

復活島巨石的

顏面，記得

在那太平洋上小島

我走過那些雕刻人像的

風景，那裡有海浪

　　輕輕拍打岸邊

　　在熱帶炎炎陽光下

無情光芒透過

無樹的風景投射到

下方閒逛的遊客身上。

最大巨像依然還在，

只是半刻在紅岩

採石場。樹木砍伐

大量搬移

到海邊

去保護人民

但巨像的神

已無功能還被島民

　推倒，現在

　紅沙在裸露土壤上

自由飛揚，而且

只有倒下的臉延伸

貫穿這小島，

是消失文明的殘餘。

而我們，世界民主國家

注定會遭遇類似命運？

瘟疫、偏見和恐怖分子是否會

輻射我們的文明？如果是，啊

　　我們甚至不會有

石臉標明我們的通路。

個人主義
Individualism

對新世界價值的舊慣

各時代的夢想都在垂死

或者即將誕生之際。

摘自〈頌詩〉

愛爾蘭詩人Arthur O'Shaughnessy（1844~1881）

在時代中推動文明前進

不是膽怯。而是抱有個人主義

勇於思考且與眾不同的人士。

這種人拒絕被國王、沙皇或獨裁者

統治，登上漏水的船，駛向未知

進入猛烈暴風雨中，在半飢餓下生活。

這些追求自由的人民，渴望各種自由
成為新世界人口，應付嚴酷氣溫和敵對居民。

在美國，像華盛頓、林肯這樣的人
還有雷根，他向戈巴契夫宣稱
「要拆掉這堵牆！」
在印度，是像佛陀、泰戈爾和甘地
這樣的人照亮了道路。
由政府規劃所有決定時，人民就無法自由。
需要各種類型的自由人士──科學家、教師
哲學家、探險家、政治家、將軍、醫生和作家
　以新的技術和觀念推動我們前進。

我呼籲世界各地人們盡力自由追求夢想。
願他們抬眼望月亮和星星，願他們傾聽
風中的神祕，吹動他們雷鳴般的永恆真理。

進入太空時代
Upon Entering the Age of Aquarius

致Goldie Laden Morales

我們正在進入太空時代

留下情感的狂熱

已經迷惑人類的情感。

我們進入的時代

頭腦將主宰

動蕩的心，而理智

會從我們的遺傳

　　搓成淡黃歇斯底里。

智慧將成為

　　愛與和平的語言

流動的希望，捕捉惡性

與良性雷同，所以獅子

將與羔羊一起最後躺下

所有種族和宗教人士

　　會成為兄弟。

獅身人面像會放棄祕密

違法者應獲得庇護

而碎片組成整體。

輻射會照亮黑暗

不會污染人口

　　和地球平原。

個性會成為宣洩

以清理戰爭和仇恨

　　傷口的血液……。

群星上所寫的

　　不會是謊言。

詩人簡介
About the Poetess

　　露絲・魏爾德・蘇勒（Ruth Wildes Schuler）出生於美國麻薩諸塞州塞勒姆市（Salem）。在那裡著名新英格蘭作家群學習背景下度過童年。12歲時，家搬到加州舊金山。與青梅竹馬的查爾斯・蘇勒結婚，丈夫後來成為舊金山警察局隊長。生一子一女，即史蒂文・查爾斯（Steven Charles）和珍妮・利（Jeanne Leigh），後者也是詩人。

　　露絲獲舊金山州立大學犯罪學副學士學位，完成

主修社會工作、心理學和教育學學士學位。婚後，最小孩子上幼兒園時，回到舊金山州立大學主修文學，獲創意寫作碩士學位。在國際文學雜誌《先知之音》（*Prophetic Voices*）擔任編輯11年。合夥人是南加州大學退休的哲學和文學教授戈爾迪‧拉登‧莫拉萊斯（Goldie Laden Morales），和自己女兒珍妮‧利‧蘇勒-法雷爾（Jeanne Leigh Schuler-Farrell）。另外成立自營「古跡步道」出版社（Heritage Trails Press），出版一些袖珍型刊物。

11年後，結束雜誌和出版社，全部時間投入寫作。在25國的小型新聞雜誌上發表一千多首詩、短篇小說、書評和文學評論，作品譯成22種語言。出版第一本小說《湍流》（*The Turbulent Tide*），故事背景是

第一次世界大戰和俄羅斯革命。也寫過一本中篇小說《老鷹夢想在野》（*Wild is the Hawk's Dream*），是關於1950年代美國大學一群穆斯林阿拉伯學生的故事。迄今共出版13本詩集和短篇小說集，並為其他出版社編過一些選集。

2005年代表美國出席台灣高雄國際詩歌節，共有20餘國詩人參加。2007年9月29日在舊金山加州榮譽軍團宮，由藝術家大使國際舞蹈團編舞演出其首獎詩作〈飛馬座〉（*Pegasus*）。為傑克‧倫敦在一百多年前成立的加州作家俱樂部會員。名登《世界婦女名人錄》、《詩人作家名錄》、《西部和中西部名人榜》和《當代作家和詩人名錄》。

多次榮獲手推車獎（Pushcart Prize）提名，接受

世界詩人會議獎牌，曾獲紐約詩壇、柏克萊詩人會、伊娜‧庫爾布里斯（Ina Coolbrith）協會頒發首獎，另獲國際作家藝術家協會、國家詩協會、婦女詩組織、國際作家協會、葡萄園詩人會、印度詩國際社等頒發獎狀。

譯者簡介
About the Translator

　　李魁賢，曾任國家文化藝術基金會董事長、國立中正大學台灣文學研究所兼任教授，現任國際作家藝術家協會理事（2010～）、世界詩人運動組織（Movimiento Poetas del Mundo）副會長（2014～）、福爾摩莎國際詩歌節策畫（2015～）。獲巫永福評論獎、韓國亞洲詩人貢獻獎、榮後台灣詩獎、賴和文學獎、行政院文化獎、印度麥氏學會（Michael Madhusudan Academy）詩人獎、台灣新文學貢獻獎、

吳三連獎文藝獎、真理大學台灣文學牛津獎、蒙古建國八百週年成吉思汗金牌、孟加拉卡塔克文學獎（Kathak Literary Award）、馬其頓奈姆‧弗拉謝里Naim Frashëri文學獎、秘魯特里爾塞金獎和金幟獎、台灣國家文藝獎、印度首席傑出詩獎、蒙特內哥羅（黑山）共和國文學翻譯協會文學翻譯獎、塞爾維亞「神草」文學藝術協會國際卓越詩藝一級騎士獎等。出版有《李魁賢詩集》6冊、《李魁賢文集》10冊、《李魁賢譯詩集》8冊、《歐洲經典詩選》25冊、《名流詩叢》46冊、回憶錄《人生拼圖》和《我的新世紀詩路》，及其他共二百餘本。

語言文學類　PG2711　名流詩叢43

詩人主宰的途徑
A Poet's Predominant Path

作　　　者／露絲‧魏爾德‧蘇勒（Ruth Wildes Schuler）
譯　　　者／李魁賢（Lee Kuei-shien）
責 任 編 輯／楊岱晴
圖 文 排 版／陳彥妏
封 面 設 計／蔡瑋筠

發 行 人／宋政坤
法 律 顧 問／毛國樑　律師
出 版 發 行／秀威資訊科技股份有限公司
　　　　　　114台北市內湖區瑞光路76巷65號1樓
　　　　　　電話：+886-2-2796-3638　傳真：+886-2-2796-1377
　　　　　　http://www.showwe.com.tw
劃 撥 帳 號／19563868　戶名：秀威資訊科技股份有限公司
　　　　　　讀者服務信箱：service@showwe.com.tw
展 售 門 市／國家書店（松江門市）
　　　　　　104台北市中山區松江路209號1樓
　　　　　　電話：+886-2-2518-0207　傳真：+886-2-2518-0778
網 路 訂 購／秀威網路書店：https://store.showwe.tw
　　　　　　國家網路書店：https://www.govbooks.com.tw

2022年2月　BOD一版
定價：230元
版權所有　翻印必究
本書如有缺頁、破損或裝訂錯誤，請寄回更換

讀者回函卡

國家圖書館出版品預行編目

詩人主宰的途徑 = A poet's predominant path/
露絲.魏爾德.蘇勒(Ruth Wildes Schuler)作;李
魁賢漢譯. -- 一版. -- 臺北市:秀威資訊科技
股份有限公司, 2022.02
　　面;　公分
BOD版
ISBN 978-626-7088-29-6(平裝)

874.51   110021711